香草女巫

[瑞士]艾弗琳娜·哈斯勒 著

程 玮 译

二十一世纪出版社集团
21st Century Publishing Group

图书在版编目(CIP)数据

香草女巫 / (瑞士) 艾弗琳娜·哈斯勒著 ; 程玮译
. -- 南昌 : 二十一世纪出版社集团, 2024.4 (2025.10重印)
(彩乌鸦世界文库)
ISBN 978-7-5568-7718-8

Ⅰ. ①香… Ⅱ. ①艾… ②程… Ⅲ. ①童话 – 瑞士 –
现代 Ⅳ. ①I522.88

中国国家版本馆CIP数据核字(2023)第147904号

Title of the original German edition:
Author: Eveline Hasler
Illustrator: Ulrike Mühlhoff
Title: Die Hexe Lakritze

Chinese language edition arranged through HERCULES Business &
Culure Development GmbH, Germany

版权合同登记号　14-2005-010

香草女巫

XIANGCAO NÜWU　[瑞士]艾弗琳娜·哈斯勒 著　程　玮 译

出 版 人	刘凯军		
策划编辑	彭学军　魏钢强	美术编辑	彭　蕾　彭　渤
编辑统筹	谈炜萍	责任制作	章丽娜
责任编辑	孙睿旼　刘晨露子	Logo设计	先锋设计·赵抒濛

出版发行	二十一世纪出版社集团(江西省南昌市子安路 75 号　330025)		
网　　址	www.21cccc.com	印　　数	36,001~41,000 册
经　　销	新华书店	开　　本	889 mm × 1300 mm　1/32
印　　刷	南昌市红星印刷有限公司	字　　数	59 千字
版　　次	2005 年 9 月第 1 版　2012 年 3 月第 2 版	印　　张	3.5
	2024 年 4 月第 3 版	书　　号	ISBN 978-7-5568-7718-8
印　　次	2025 年 10 月第 6(总第 89)次印刷	定　　价	25.00 元

赣版权登字 -04-2024-41　
购买本社图书,如有问题请联系我们:扫描封底二维码进入官方服务号。
服务电话:0791-86512056(工作时间可拨打);服务邮箱:21sjcbs@21cccc.com。

Eveline Hasler

Die Hexe Lakritze

目　录

上篇　香草女巫

下篇　香草女巫和犀牛小子

上篇

香草女巫

在森林里面,长着很多的黑莓树。

在黑莓树中间,藏着一座小屋。

在小屋里面,住着一个香草女巫。

香草

香草喜欢穿肥肥的裙子，
上面打满五颜六色的补丁。
她还喜欢
戴一条绿色的头巾。
因为经常吃香草蛋糕，
她的鼻尖也变得绿茵茵的。

香草喜欢采集香草，
烤出一个个香草蛋糕。
蛋糕的味道无比奇妙，
她真想每天在家烤蛋糕。
可惜，她不能每天都在家烤蛋糕，
因为她还是个女巫学生，
她必须每天上午去学校。

香草想起来就伤心，
因为她还没有一把飞帚。
就因为她没有飞帚，
她必须走路去学校。
就因为她走路去学校，
她必须凌晨三点就起床。
一想到每天都过这样的日子，
她的心里就很烦恼。

闹钟

每天凌晨三点刚到，
床头的闹钟就开始大闹。
这个闹钟大得要命，
看起来就像一个汤盆。
香草的巫术老师金泼罗
特意把它送给香草。

他说：
“我把这个闹钟送给你，
以后不许你再迟到！”
金泼罗最讨厌的，
就是他的学生迟到。

这个闹钟有三个大闹铃。
大闹铃下有四个小闹铃。
在这七个大小闹铃下面，
还有一道隐秘的缝隙。

只要这个闹钟一振动，
床头柜摇晃，
台灯摇晃，
椅子摇晃，
墙壁摇晃，
地板摇晃，
床也摇晃。
只有香草
还睡得稳稳当当。

闹钟耍出新的花招，
一个又刺耳又难听的声音
从缝隙里传出来：

“三点了,香草!
起床,快!
三点了,香草!
起床,快快!!
三点了,香草!
起床,快快快!!!”

这声音响了几遍,
就安静下来了。
当然,事情没有这么简单,
金泼罗的闹钟还有一招!
一只金属臂从缝隙里伸出来,
越来越长,停在香草的脸上,
两根手指狠狠夹住香草的绿鼻尖。
香草尖叫起来:
“哎呀,你这个怪物!”

她揉揉鼻子,
从床上跳下来。
她一边套上花补丁裙子,
一边念叨:
“完了,完了!
我又迟到了!”

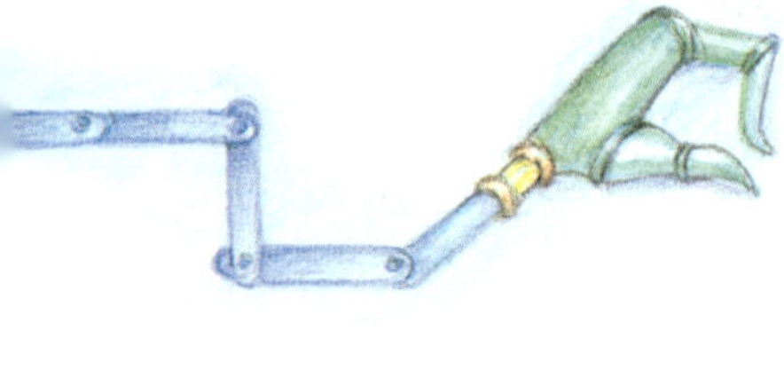

上学路上

唉，要是香草有一把飞帚，
她就可以再美美地睡上几觉！
到八点差五分的时候，
飞帚像火箭一样，
嗖——
转眼就把她带到女巫学校。

可惜，香草只能走路：
踢踢踏，踢踢踏，走过森林，
踢踢踏，踢踢踏，上坡啦，
踢踢踏，踢踢踏，下坡啦。

如果碰上刮风天，
顶风走路更费时间。
女巫学校还有规定，
迟到不能超过半小时。

今天香草真倒霉。
她先被石头绊一跤，
后又被树根绊一跤。
穿着女巫鞋走路，
总是会跌跌撞撞，
要知道，
女巫鞋总是比脚大两号。

一个在森林里
采蘑菇的老太太，
把香草扶了起来。
这个老太太认识香草，
她对香草说：
“可怜的小姑娘，
可惜你没有飞帚。
你不是一个女巫吗？
难道一点魔法都不会？”

香草伤心地摇摇头说：
“假如我会魔法，
我早就施展了。”

老太太说：
“难道你没学会咒语吗？”

香草说：“咒语我倒是会。
可没有工具也不成。
我必须有一把巨大的扫帚，
然后才能施展魔法。”

老太太笑着说：
“这太容易了，
你到村里的商店去买一把！”

香草摇摇头说：
“村里商店只卖普通的扫帚，
这样的扫帚没法施魔法。
我要一把红得像火那样的树枝扎成的扫帚，
你明白吗？”

“哦。”
采蘑菇的老太太想了想，
突然有了主意：

“你认识一个叫奥德霍夫的农民吗？
他住在村口第一栋房子里。
他家门口就有你想要的那种扫帚，
用红得像火那样的树枝扎成。
他妻子每天用它打扫院子。”

“真的？”

采蘑菇的老太太点点头。
“但是我警告你，
他可不容易打交道！
他会放出恶狗来咬你！
我看，你还是走路上学吧！”

香草说：
“这个我得考虑考虑。
不管怎么样，谢谢你的提醒。
现在我得赶紧上学了！
我要走的路还远着呢。”

变龙咒

女巫学校
坐落在女巫山坡后面。
在女巫学校门口，
有一排奇怪的支架，
就像插放滑雪板的支架。
可是在这个支架上，
插放的不是滑雪板，
而是女巫们的飞帚。
当香草赶到学校时，
支架上已经插满了飞帚。
所有的女巫都到了学校，
她们已经开始上课。

香草把教室门推开一道小小的缝，
像小老鼠一样悄悄溜进去。
没有一个女巫注意到她的到来。
大家把尖鼻子凑在魔法笔记本上，
正在飞快地记着笔记。

金泼罗老师一见香草，
就站在讲台上大声训斥：
“见鬼了，没救了！
香草，你又迟到了！”

这样的话，金泼罗说过不知多少遍，
一定超过一百遍了。
香草每次都羞得脸上发臊，
她使劲忍着，不让眼泪掉下来。

金泼罗老师说：
“香草，快点，快点，
打开魔法笔记本！
今天的内容非常重要。
我要教你们怎么变出一条龙！”

简单的龙
2ab
ф=2+5 x

香草打开魔法笔记本。
她的笔记本已经记到了第三十页，
但中间有很多空白。
有的魔法没有开头，
有的魔法没有结尾。

金泼罗老师说：
“注意！现在开始了！
你们要一字不漏地记下来，
听到没有？”

金泼罗一字一顿地念起咒语：
“蜗牛的痰，
女巫的瘤，
这就变成龙的头。
蚊子变成龙脊背。
蛤蟆油，大蒜花，
一变就是龙尾巴。
霍库斯，波库斯，
平地变出一条龙。”

香草一边记，
一边打哈欠。
她的眼皮越来越重，
最后合到了一起。
她刚刚打了个盹，
就马上惊醒过来，
继续往下写。

可是她没有发现，
金泼罗的咒语，
有一小段她没有记全。
接下来，她们学
怎么采荨麻，又不被扎痛手。
怎么用荨麻做一份沙拉，
专门治疗牙齿痛。
还有，怎么趁着月圆，
让脸上的痘痘消失掉。
铃声终于响了。
下课了。

蝌蚪龙出世

女巫们赶紧站起来，
急急忙忙奔向她们的飞帚。
只有香草慢慢吞吞。
着急没有什么用，
等她走回森林小屋，
天色肯定黑成一片。

一个瘦瘦的女巫
用胳膊肘把香草撞到一边：
“喂，别挡路，快让开！”

这是野风女巫。
她神气活现地跨上飞帚，
鼓起腮帮，猛吹一口气，
“呼……”飞帚腾空飞起，
一下就把她驮到了云彩上。
她高高在上，
得意地向香草挥手。

万能的神啊，
幸好香草没有鹰一样的眼睛，
看不清野风女巫的表情。

等香草回到森林的小屋里，
太阳哧溜一下就不见了。

香草坐在厨房里，
用劲拽下尖尖长长的女巫鞋。
她的脚打了几个疱，
痛得火烧火燎。
她一瘸一拐地走到小花园，
采了几片薄荷叶子，
把它们敷在脚上。
她想，这日子实在没法过了。

“我要找一个有力的助手，
最好是一条超级龙。
这条超级龙，
可以帮我打败
那个叫奥德霍夫的农民，
还有那条凶狠的狗。
这条超级龙，
还可以帮我得到
那把红树扫帚。”

她走到壁炉前面，
把魔法笔记本打开来，
慢慢地念：

“蜗牛的痰，女巫的瘤，
这就变成龙的头。
…………
蛤蟆油，大蒜花，
一变就是龙尾巴。
霍库斯，波库斯，
平地变出一条龙。”

突然间，
一股旋风从壁炉里冲出来，
卷过整个厨房。
小屋抖动起来，
就像同时被三道闪电击中。
接着就是长长一声巨响。
香草吓得赶紧闭上眼睛，
又用两根手指把耳朵堵上。

过了好久，
香草才把眼睛睁开。
一条龙站在她面前！
它有一个巨大的头。
一双眼睛像灯笼。
那张像谷仓门一样大的嘴巴，
不停地往外喷着火焰。

香草激动地叫起来：
“太好了！我成功了！
你真是一条超级龙！”

这条龙慢慢地转过身子，
香草的脸变得像面粉一样白。
啊，噢，
这条龙居然没有脊背！
它的头后面直接长着一条尾巴。
这是一条可笑的短龙！
它活像一只大蝌蚪！

香草想，一定是我的魔法
出了什么岔子，
变出了这么个怪家伙。

这本没用的笔记本！
她用力把本子扔到壁炉后面，
对着蝌蚪龙喊：
“快走吧，你这个怪东西！”

蝌蚪龙问：“你说什么？”
蝌蚪龙抬起头，忧伤地看着香草。
它有一双善良的眼睛，
眼睛里闪着温柔的光芒。

但香草让自己不要心软。
“我说，你快走开！”

蝌蚪龙问：“去哪儿呢？”
“你从哪儿来的，就回哪儿去吧！”

蝌蚪龙说：
“那个地方,可惜我已经回不去了。”
蝌蚪龙叹了一口气。
灯笼一样的眼睛突然黯淡了,
就像被风吹灭了火焰。

香草绝望地喊：
“你一点也帮不上我的忙啊，
你一点也不强大！
我想要一条超级龙，
又大，又勇猛！
只有这样，
才能帮我从奥德霍夫那里
夺到红树扫帚。”

蝌蚪龙说：
“我可以去帮你把扫帚拿来。”

“你拿不到的。
你只有半个身体。
奥德霍夫和他的狗为什么要怕你？”

蝌蚪龙垂下眼睛，
好像有点累。
过了一会儿，它说：
“我有一个脑袋，
这里面什么都不缺！

你有没有看到？
我的眼睛里在喷火！”

真的，
它的眼睛又开始喷射出火焰。

香草说：
“好吧好吧，你留下吧。
你睡在炉子那里。
就算你拿不到红树扫帚，
等我没有火柴时，
你还可以帮我喷喷火。”

香草找来旧衣服和破布，
帮蝌蚪龙在炉边铺了床。
吃过晚饭，
她早早就上床睡觉。
这一天过得真辛苦，
她已经彻底累坏。
睡着以前，
她没忘记把闹钟拨到三点。

红树扫帚

半夜的时候，
蝌蚪龙从小屋里悄悄溜出来。
它穿过森林，直奔村里。
它的眼睛像灯笼一样，
照亮了黑夜里的小路。

奥德霍夫的家就在村口。
明亮的月光下面，
一眼就能看见，
那把红树扫帚正竖在门边。
奥德霍夫的狗就在门边睡觉，
它的脖子上拴着一条铁链。
当蝌蚪龙走近的时候，
它惊醒过来，凶狠地叫起来，
尖利的牙齿闪着白光！
因为它被铁链拴着，
蝌蚪龙没有把它放在眼里。

蝌蚪龙很快来到
奥德霍夫卧室的窗口。
窗子敞开着，
狗的叫声越来越响，
惊醒了奥德霍夫的妻子。
她害怕地推着丈夫：
“快醒醒，狗叫得这么凶，
是小偷来偷东西了吗？”

奥德霍夫说：
“什么小偷不小偷的，
睡你的觉吧！”
他翻了个身，
继续睡觉了。

蝌蚪龙用力喷出火焰，
把卧室照得像白天一样。
奥德霍夫妻子喊：
“快醒醒,失火了！”

奥德霍夫还是睡得一动不动。
奥德霍夫妻子走到窗口，
看到一个喷火的怪物！
虽然黑暗中
只看到一个脑袋，
但已经把她吓坏。
她又惊又怕，
声音开始发颤：
“你是谁？”

蝌蚪龙说:“我是超级龙。”

“超……超级龙?”

蝌蚪龙说:“你没看见我巨大的尾巴吗?”

“没……没有。”

“当然,我的尾巴现在还在洛根豪森村!

我的尾巴可长了,

我刚才没费什么事,

用尾巴一下子就扫掉了三座房子的房顶!”

她问:“噢,噢,

那你来我们家有事吗?”

“我要把你们的房子烧光!”

“请别这样，求求你了，
超……超级龙。”
她小心地说，“只要你不烧坏我们的房子，
要什么都可以给你。”

蝌蚪龙说：
“那你把门口的红树扫帚给我。”

“红树扫帚？
就这个吗？你等一下！”
她赶紧把红树扫帚拿起来，
扔给窗外的蝌蚪龙。

意外惊喜

到了三点，
闹钟响了。
先是三个大闹铃，
然后是四个小闹铃。
香草还是睡得稳稳当当。
闹钟里那个刺耳难听的声音，
也没有打扰香草的睡眠。
缝隙里的金属臂越伸越长，
在她的面前晃来晃去，
然后两根手指狠狠捏住了她的鼻尖。
香草尖叫起来：
“哎呀，你这个怪物！”

香草从床上跳下来，
一边穿着花裙子，
一边想，
要是我像同学一样，
有一把红树扫帚就好了！

那我还可以在床上
再安安稳稳躺几小时！

她迷迷糊糊地走进厨房。
炉子前面是什么东西？
一把红树扫帚！
香草揉揉眼睛，
看着躺在一边的蝌蚪龙，

吃惊地问：
“是奥德霍夫的扫帚吗？
是你干的吗？”

蝌蚪龙点点头，
它的眼睛像灯笼一样闪闪发亮。

香草说：
“你真是一条超级龙！
我们马上就把它变成飞帚，
我去拿魔法笔记本！”
香草站在壁炉前，
翻开笔记本，
开始念咒语：

“让我跨上闪电，
让雷声轰轰作响。
红树扫帚，红树扫帚，
请快快让我飞翔！”

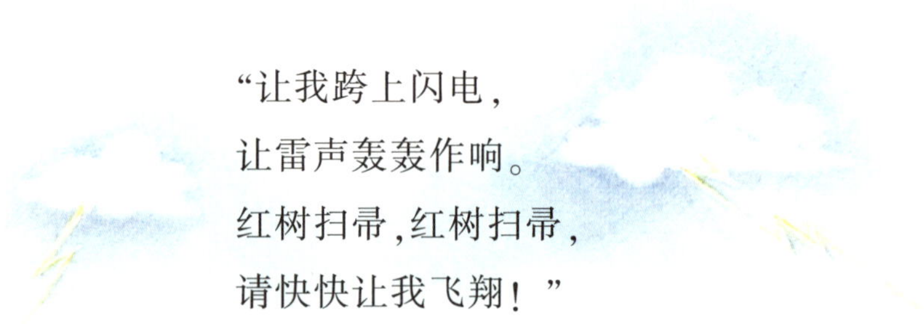

壁炉里刮出一股怪风,
红树扫帚突然竖起来,
在厨房里急促地跳动着。
香草拍着手快乐地喊:
“这回真的成功啦!
快,蝌蚪龙,
我们骑上去试试!”

香草把裙子撩起来，
像骑士那样跨上了飞帚。
蝌蚪龙也跟着骑上去，
两条前腿紧紧搂着香草。
准备好了，飞吧！
他们飞起来了。
飞帚驮着他们，
嗖的一下，
从壁炉的烟囱里穿出去，
马上就飞进了云里。
三秒钟以后，
他们到达洛根豪森村的上空。
香草转过头说：
“够啦！
我们快回去吧！
要不，我们就要飞到美洲去了。”

香草蛋糕

他们穿过壁炉，
回到厨房。
蝌蚪龙从飞帚上下来，
四条腿还在打着战。
“终于回来了。”
因为害怕，
它的腿都麻木了。

香草说：
“八点钟才上课呢。
我们有足够的时间，
烤几个香草蛋糕，
吃一顿美美的早餐。”

香草烤的蛋糕香喷喷的，
刚才的飞行，
给他们带来了好胃口，
他们俩一口气吃完了全部的蛋糕。

蝌蚪龙突然惊叫起来：
“快八点了，香草！
你又得迟到了！”

香草埋怨说：
“吃得太香，
把时间都忘了。
蝌蚪龙，来吧，
我们一起上学去！”

蝌蚪龙不好意思地说：
“我的尾巴太短了，
你的同学们会笑话我的。”

蝌蚪龙又忧伤起来。
不过，它还是跟着香草，
骑上了飞帚。
他们穿过壁炉，
嗖——
飞过了森林，
飞过了山坡。

最快的飞帚

女巫们都已经到了学校，
正在校门口安放自己的飞帚。
野风女巫指着天空喊起来：
“快看啊，那个飞得真快呀！”

另一个女巫说：
“这是新型飞帚。
它快得就像闪电！
跟它一比，
我们的飞帚就像在走路。”

所有的女巫都抬头看着天空。
飞帚在空中画出优美的曲线，
轻松地降落在校门口。
这下每个人都能看清楚，
是谁骑在飞帚上。
女巫们惊奇地喊："是香草！"

香草从飞帚上跨下来，说："是我！"

女巫们一起静静地看着她。
因为嫉妒，
她们的鼻子已经开始变黄。
一个女巫忍不住问：
"这是你的飞帚吗？"
香草点点头。

"可不可以问一下，
这是从哪里来的呢？"

香草笑着说：
“这就得感激我的超级龙了。”
她指着正从飞帚上下来的蝌蚪龙。

女巫们大吃一惊，
她们还是第一次见到
世界上有这么短的一条龙。
但谁也没有嘲笑它。

这时，金泼罗出现在门口，
他喊：
“快进来，快进来，
我们上课了！”
他突然发现了香草，
“怎么？香草已经来了？
这是你第一次准点到学校！
你是怎么做到的？”

香草说：
“这要感谢我的超级龙。”
说着，香草向蝌蚪龙眨了眨眼睛。

下篇

香草女巫和犀牛小子

女巫学校

虽说香草的红树扫帚
像火箭一样飞快，
但香草还是免不了迟到。
今天又来晚了，
从教室敞开的窗户里，
已经传出女巫们读书的声音：

“零到一，火生起。
一到二，快动手。
二到三，做晚饭。
三到四，喜滋滋。
四到五，一锅煮。
五到六，有熏肉。
六到七，把手洗。
七到八，开饭啦。
八到九，喝口酒。
九到十，忙收拾。”

金泼罗老师站在窗口，
指着香草高声喊：
“香草，快点，快点！”

香草羞红了脸，
悄悄溜进教室里。

今天的金泼罗老师
看上去有点不同往常。
他的脖子上围着一条厚围巾。
他的鼻子红通通的，
从里面淌出亮晶晶的东西，
一直落到他的胡子上。
金泼罗老师说：“我今天，阿……
我今天，阿，阿……

我今天,阿……阿……阿嚏!

我今天感冒了。

我的喉咙很疼,声音嘶哑,

你们能听明白我说话吗?”

一个女巫小声说:

“他的声音活像猫头鹰!”

另一个女巫咯咯笑起来。

金泼罗老师下命令：
“安静！
我们今天的课……阿嚏，
非常重要！
我要教你们怎样变化。
变幻术是很难的！
我们从第一课学起。
这就是，
怎么把自己变成一只苍蝇！”

一个女巫小声说：
“嗡嗡嗡，苍蝇让人头发昏！”

幸好金泼罗严重感冒，
没有听到这样的吵闹。

苍蝇咒

“注意了！现在我教你们怎么变成苍蝇。
你们要把每一个句子都记下来。”
金泼罗蹲在讲台上，
喃喃地念起咒语来：

“施罗底，多罗米，
苍蝇屎，山羊蹄。
再加一片三叶草，阿嚏，
苍蝇苍蝇快飞起。”

很可惜金泼罗没有变成苍蝇，
因为他在念咒语以前，
偷偷吞下了抗魔法药片。

他问大家：“你们都记下了吗？
现在，我再教你们
怎么从苍蝇变回女巫。
有谁愿意当四百年苍蝇吗？”

苍蝇

女巫们一起喊："不，不，不！"

"那么，你们都好好听着：

左脚先抬起，
右脚后抬起。
布姆迪，松姆迪，
苍蝇屎，墨水迹，
重新把我变回去！
该死的鼻子，
该死的嗓子！"

金泼罗忍不住，
"阿……阿……阿……阿嚏！"
这个喷嚏像一个惊雷，
书本和纸片一起满天飞。
金泼罗声音沙哑地说：

"我得赶紧上床休息。

香草，香草，
把你的超级龙借我用用。
让它喷出的火焰，

烤暖我的房间！
明天学校放假！”

女巫们一起欢呼：
“白老鼠，黑老猫，
明天不用上学校！”

普通人的学校

女巫学校放假。
香草真开心。

今天我想干什么就干什么。
听说普通人的孩子，
要回答老师很多古怪的问题。
嗨，我这就去看看，
普通人的学校是什么样的。

香草跨上她的飞帚，
嗖——
一下就飞到欧比普灵根小学。

正是课间休息的时候，
操场上都是孩子。
香草躲在树丛后面，
偷偷地看着他们的一举一动。

两个女孩和两个男孩
正在跳着橡皮筋。
香草看着他们又蹦又跳，
心想：
“我可以把这个游戏
带到我们的女巫学校。”

就在树丛前面，
有两个男孩像公鸡一样在斗架。
那个瘦瘦小小的男孩，
名字叫作希吉。
那个高高大大的男孩，
名字叫作瑞诺。
只见瑞诺一把举起希吉，
把他摔到地上。
希吉飞快站起来，
往瑞诺的屁股上狠狠踢了一脚。

一个叫罗丝玛丽的女孩大声喝彩：
“太棒了！”

瑞诺一把揪住她。
“你敢嘲笑我？
今天我要教训你，
让你尝尝嘲笑我的滋味！”

他狠狠地揪着女孩淡黄色的头发，
就像拎着一只可怜的小兔子。

“住手！”
香草在树丛里喊，
“如果你再欺负她，
我就让你长出一个绿鼻子！”

瑞诺放开罗丝玛丽，
转身往树丛里面看去。
在树叶和树枝之间，
站着一个戴着绿头巾的陌生女孩。
他狠狠地说："笨山羊！"

香草直发愣，
因为她不知道这是普通人的骂人话。

上课的铃声响了，
震得树枝摇摇晃晃。
孩子们一窝蜂地跑回了教室。

神奇的苍蝇

上课铃声响过以后，
操场上的孩子都不见了，
剩下一地苹果核和口香糖纸。
从敞开的教室窗子里，
传来孩子们朗朗的读书声。

香草想：
“我真想知道，
瑞诺、希吉和罗丝玛丽他们，
到底是怎么上课的。
我学了变苍蝇的魔法，
正好现在可以用一用。”

她把飞帚插在自行车架上，
在树丛后面蹲下来，
悄悄念起了咒语：

“施罗底，多罗米，
苍蝇屎，山羊蹄。
再加一片三叶草，阿嚏，
苍蝇苍蝇快飞起。”

香草的胳膊和腿突然变小了。
她的背上长出了翅膀。
她的胸前长出了六条腿。
世界突然变了。
地上的水洼变成了大湖，
树上的叶子变成了大屋顶。
蔷薇花上的小刺，
变成了可怕的长矛。

翅膀麻酥酥的，
像通了电一样。
香草小心地展开翅膀，
轻轻一跳，就飞翔了起来。
她的肚子被风吹得微微发痒。
嗡，嗡，嗡，
她飞进了窗子，
落脚在天花板上。

孩子们埋头在笔记本上写啊写。
变成苍蝇的香草想：
他们也抄写魔法咒语吗？

不是啦，
他们正在听写普通人说的单词和句子。
有的孩子皱眉吐舌，
看上去正在犯愁。

“阿……阿嚏！”
天花板上的苍蝇突然打了个喷嚏。
孩子们抬起头，
吃惊地寻找打喷嚏的苍蝇。

苍蝇正在暗暗着急：“糟糕了，完蛋了！
我的鼻子也不通气了！
难道我没把咒语全部记下来？
布姆迪，松姆迪，
阿……阿嚏！
看来，我学咒语的时候，
把金泼罗的感冒也一起学了！”

听写课

苍蝇贴在天花板上，
看着下面的孩子们。
女老师在教室里走来走去，
检查大家的书写是不是正确。
罗丝玛丽的脸色苍白，
因为她刚才被瑞诺
抓着头发狠狠摇晃过。

女老师说："罗丝玛丽，
你怎么老是把'Vogel' 写成'Fogel'？
再这样下去，
我得写信告诉你父母了。"

苍蝇想：
"等一等，罗丝玛丽，
我这就来帮你。"

女老师继续读着：

“夏天终于来了。”

孩子们埋头写着。

下一个句子更难了。

罗丝玛丽咬着铅笔头直叹气。

这时候，

她的头顶上突然响起轻轻一声：“阿嚏！”

竟然是一只苍蝇！

一只会打喷嚏的苍蝇，

罗丝玛丽觉得好奇怪。

这时候，苍蝇用它的细腿，

慢慢地写出一个一个字母，

帮她写完这个好难的句子。

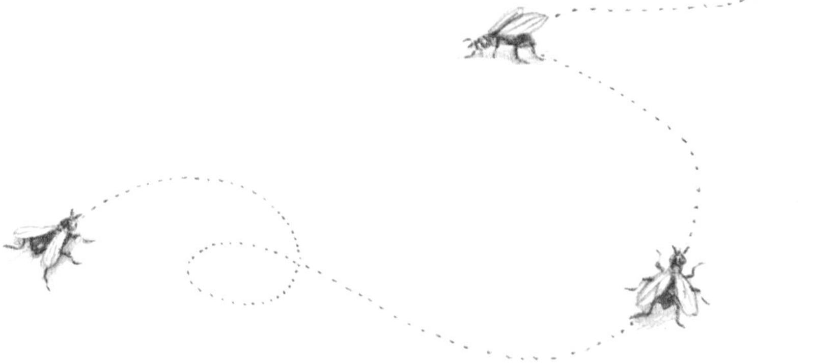

过了一会儿，

女老师又来看罗丝玛丽的本子。

她吃惊地说：

“这太糟糕了！

全部写错了！

你还从来没有写错过这么多！”

罗丝玛丽结结巴巴地说：

“是苍蝇教我写的。”

老师看看天花板，
摇着头说：
“苍蝇教你？”
说完，她继续往前走。

瑞诺突然伸出手，
狠狠揪了一下罗丝玛丽的辫子，
悄悄说：
“罗丝玛丽，你这个笨蛋！”

天花板上的苍蝇，
把这句话听得清清楚楚。

菠菜鼻子

听写结束了。
女老师让大家把本子交上去。
看到瑞诺，她突然瞪大了眼睛。
她问：“瑞诺，你怎么了？
你中午吃菠菜了吗？”

“没有，是花菜。怎么了？”

“你的鼻子怎么变绿了？
整个鼻子都绿了，
而且越来越绿！”

大家都把目光集中到瑞诺的脸上。
一个喊：
“菠菜鼻子！”
一个喊：
“沙拉鼻子！”
谢天谢地，下课铃响了。

现在，教室里只剩下变成苍蝇的香草。
她沿着天花板往前爬，
一直爬到老师的讲台上。

现在应该变回女巫了，
我得把金泼罗的咒语念一遍。
怎么念的呢？对了——

左脚先抬起，
右脚后抬起。
布姆迪，松姆迪，
苍蝇屎，墨水迹，

重新把我变回去！

砰的一声，
香草从天花板掉到讲台上。
讲台上的花瓶倒下了。
里面的水流到打开的本子上，
从字母上面一路流淌过去。

“哎呀！
这可是一次硬着陆！”
香草想：“真好，我又变回了女巫！”

她从讲台上跳下去，
屁股还在火辣辣地疼。
她一瘸一拐跑到校园里。

所有的学生都回家了。
只有瑞诺还站在自行车架前。
他美美地欣赏着自己的自行车，
他的车崭新、铮亮，闪闪发光。
昨天他过生日，
这是他的生日礼物。

他突然发现了那个陌生女孩，
不错，就是那个在树丛里骂他的女孩。
旁边的这把扫帚，
难道就是她的吗？
他一把把扫帚抓过来：
“这是你的扫帚吗？”

香草的脸突然变得苍白，
她说："请把扫帚给我！"

瑞诺打量着这个女孩，
又看看手中的扫帚，
他心里突然明白了。
"啊！"他叫起来，
"你是一个女巫！
是你把我的鼻子变绿了！
快把我的鼻子变回去，
你听到没有？"

“这不可能。”香草回答，
“真的。魔法的颜色会保持很久。
如果你不再欺负别人，
你鼻子上的绿色每星期都会变淡一点。
到了圣诞节那天，
你的鼻子就像从前一样了。”

瑞诺大叫起来：
“要等到圣诞节？
不许你拿我开玩笑。
不然，我把你的扫帚
放到膝盖上这么一折，
咔嚓——
变成两截！”

瑞诺的愿望

瑞诺要把香草的飞帚折断。
香草苦苦哀求：
“请把它还给我！”

瑞诺毫不让步：“到了圣诞节再说！”

香草的眼泪落下来了。
没有这把飞帚，
她又得走路去学校。
穿过森林，爬过山谷。
三个钟头走去学校，
三个钟头走回家。

她突然想出一个办法：
“你知道不？我也能变出好东西来。
你可以说一个你的心愿。”

瑞诺建议说：“变一袋金子吧！”

“这个我们下学期才教。”

“那就把我的眼睛变成蓝色。
我们班格丽特就喜欢蓝眼睛。”
瑞诺的脸有点发红。
他想讨好格丽特，
这是他的小秘密。

香草老老实实地说：
“蓝眼睛我也不会变。”

瑞诺一脸的看不起：
“什么破女巫！
我还有一个愿望，
说出来你别怕。
我想要变得很强大，
让所有的人见了我就害怕！”

香草高兴地喊起来：“太好了，这个我会变。
我会一个咒语，
可以让你比原来强大七倍！”

瑞诺等不及了:“赶快变吧!”

香草命令说:“先把扫帚还给我!”

“拿去吧!”瑞诺把扫帚递过来。

香草接过飞帚,在树丛边蹲下身子:
“七条大象腿,
七块大石头。
狮子骨头加奶油,
力气大得赛犀牛!”

强大的瑞诺

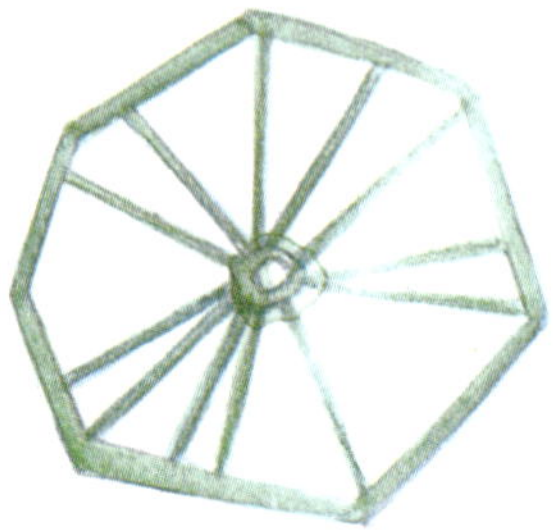

香草真的把瑞诺变强大了。
瑞诺的肌肉变得像钢铁一样结实。
他的手和脚变得粗壮而有力。
他高兴地想：
“现在，我只要用一根小指头，
就能把希吉和他的朋友
全部打翻在地。”

香草跨上飞帚，
飞得无影无踪。

瑞诺把自行车搬出来，
他刚刚跨上座椅，
咔嚓！脚蹬裂开了！
咔嚓！车把掉下去了！
砰！瑞诺摔倒在地上。

哎呀,这是我的新自行车,
爸爸妈妈见到会怎么说?
他推着自行车,
沿着街道走回去。
走过格丽特家,她正在往外走。
瑞诺亲热地说:“你好,格丽特!”
他过去握住格丽特的手。

“哎哟,哎哟!”
格丽特尖叫起来,
“你这粗鲁的家伙!
我永远不想再看见你!”

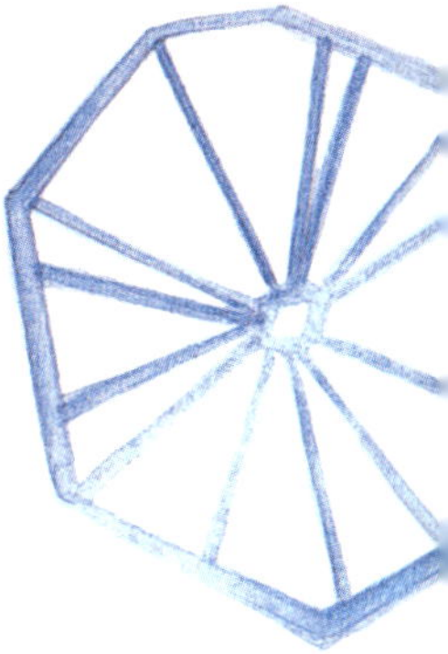

瑞诺放开格丽特的手,
她的手又青又肿。

格丽特的妈妈赶紧走出来，
拉着格丽特就往家走。

瑞诺想："不管怎么样，
我真的变得很强大了。"

妈妈正在家擦窗子。
瑞诺说：
"妈妈，我现在变得很强大了。"
妈妈说："太好了，
你来得正是时候，
赶紧帮我擦窗子吧！"

犀牛小子

强大的瑞诺开始帮妈妈擦窗子。
妈妈把鹿皮布递过来。
瑞诺的手刚刚碰到玻璃——
咔嚓！玻璃开裂了。
咔嚓！碎片落了一地。
啪！妈妈打了瑞诺一巴掌。

“我们怎么办呢？”
妈妈去问爸爸，
“我们的儿子太强大了。”

爸爸笑着说：“太强大？
孩子当然越强大越好！
让他帮我把这根钉子敲进墙里去！”

爸爸把锤子递给瑞诺。
瑞诺刚开始敲，
咚！锤子敲偏了。
咚！锤子把墙砸了个洞，
可以直接看见邻居家的房间。

爸爸大吃一惊：
“瑞诺，你真像一头犀牛！”
爸爸让瑞诺到邻居家道歉。
瑞诺走到邻居家门口，
刚伸手敲门，
砰！门上出现了一个大窟窿。

李子树

邻居对强大的瑞诺说：
“真是太不可思议了！
你比电视里的超人还厉害！
你把我家的门和墙都砸坏了。
现在，我想让你帮我做件有用的事！
到院子里去，
帮我把李子树上的李子摇下来，
免得我爬梯子上树去摘！”

瑞诺走到院子里，
双手抓住李子树，
摇一摇，晃一晃。

噼噼啪啪！
噼噼啪啪！
李子全都掉下来了。
树干弯了，
树枝折了。

树上的鸟儿飞走了，
鸟窝落到了地上。
哎哟，连树根都全拔出来了！
瑞诺握着粗大的李子树，
就像拿着一根火柴棒。

到傍晚的时候，
人人都听说，
瑞诺现在力大无比。
当瑞诺从街上走过的时候，
人们纷纷躲进屋里，
闩上房门，
在窗帘后面偷偷观望。
“看哪，犀牛小子瑞诺过来了！”

这样的情况
两年前也出现过一次。
那时邻村来的马戏团里，
跑出来一头大狮子。
这次“犀牛”就住在村里，
所以大家更加害怕了。

香草现身

瑞诺很苦恼，他想：
“人人见了我就跑，
太强大了也不是好事。
要是那女巫把我重新变回去就好了。
哪怕变得弱一点也没关系。
即使我不能那么容易地
把希吉摔到地上，
对我来说也没问题。
我已经厌倦了打架。”

瑞诺站在操场上大声喊：
“女巫！女巫，快现身吧！”

可是，四周没有一点动静。
瑞诺坐在树荫里，
打量着自己的双手。
这手怎么这样大，
就像一把大铲子。

这时候,远远走来一个老太太。
她正要去赶火车。
她想把自己院子里的李子和苹果
送到亲戚那里去。
她细瘦的胳膊上挂着袋子,
看上去就像装着铅块一样沉重。
她的头上挂满了汗水。

“可怜的老太太！”瑞诺想，
“我可以去帮助她一下。
我这一身力气，
也可以做点有用的事。
她会不会像别人一样，
见了我就躲得远远的呢？”

这样的老太太，耳朵早就听不清了，
她根本没有听说犀牛小子瑞诺的名字。
她很高兴地把袋子交给了瑞诺。
在瑞诺手里，
这点重量就像羽毛一样。
瑞诺陪着老太太，
一起走向火车站。

街道上空无一人。
有人在窗户后面喊：
“犀牛小子瑞诺！”

“啊，原来你叫瑞诺。”
老太太说，

“我很高兴,你这样帮助我。”
她看着瑞诺微微地笑着。

奇怪的事情突然发生了。
瑞诺每往前走一步,
手中的袋子就变得重一点。
当他们走到火车站时,
袋子变得像铅一样沉重。

瑞诺喘着气放下口袋，
低头看见自己的手和脚，
突然变得像过去一样，
又窄又小。
瑞诺高兴地想，
魔法消失了。
他一边把老太太
送到火车上，
一边想：
“我的鼻子现在是什么颜色呢？”

火车慢慢开动了，
开过瑞诺的身边。
车窗后面有一个人，
正在向瑞诺挥手。
她就是那个戴绿头巾的女孩。
一个小女巫！

瑞诺喊：
“谢谢你，女巫！”

香草笑着向他挥挥手，
然后她跨上飞帚，
嗖——
飞出了车窗。

她很快就飞越了欧比普灵根森林，
只留下一个小小的黑点。

在回家的路上，
瑞诺在一家面包店前停下来，
他从玻璃橱窗里照照自己的鼻子。
他的鼻子已经不再是菠菜的绿色。
颜色已经褪了很多，
有点像刚刚发芽的桦树叶子。

作者简介

艾弗琳娜·哈斯勒（Eveline Hasler，1933— ） 瑞士女作家。大学时期学习心理学和文学，曾当过教师，后从事专业写作。为少年儿童写过许多脍炙人口的佳作，多次在瑞士和德国乃至欧洲其他国家获奖。《香草女巫》是其代表作，被译成二十余种文字在多国出版发行。

译者简介

程 玮 江苏人。毕业于南京大学中文系。小说和编剧作品分获全国优秀儿童文学奖、电影金鸡奖和电视剧飞天奖最佳编剧等多项大奖。因出色的翻译获首届德译中童书翻译奖，并入选国际儿童读物联盟2016荣誉名单。

彩乌鸦世界文库

★ 初版20册全部分批入选全国中小学图书馆（室）推荐书目

★ 德语文学权威评审机构德国青少年文学研究院选荐

★ 部分图书获中国国家图书馆文津图书奖、首届德译中童书翻译奖等

★ 新版缤纷呈现，在全球范围内甄选高品质儿童文学以飨读者

想象 荒诞 哲理

谁会想到，有天男孩理查竟然变成了一只乌鸦；谁又会知道，乌鸦最开始竟然是彩色的鸟儿。

性格 成长 家庭

有时候能做个“悄悄的露易丝”也是相当棒的。当你静静聆听万物的声音，万物也会和你说悄悄话呢！

生命 哲理 奇幻

邦贝先生的身体千疮百孔，他的思想却极为非凡。他想成为一位作家，于是放飞了他的信，而信带着一个个故事回到他身边……

童心 逗趣 二娃

成长 教育 家庭

想象 颠覆 魔法

想象 乐趣 童话

想象 沟通 寓言

冒险 自由 人生

想象 魔法 童诗

父爱 成长 旅程

亲情 成长 想象

动物 家庭 喜剧

动物 哲理 寓言

动物 寻爱 冒险

亲情 成长 教育

母爱 生命 成长

亲情 友情 教育

自然 环保 生命

哲理 反战 教育

哲理 讽刺 教育

——“彩乌鸦世界文库”不断更新，精彩继续。